Mikhail Nuaime
Zwiegespräch beim Sonnenuntergang

W

Mikhail Nuaime

Zwiegespräch beim Sonnenuntergang

Walter-Verlag
Olten und Freiburg im Breisgau

نجوى الغروب

Nağwā-l-ġurūb

Die Originalausgabe erschien 1973

Die Übersetzung aus dem Arabischen besorgten
Ursula und Yussuf Assaf und Wadih Moubarak

Gesamtherstellung in den
grafischen Betrieben des Walter-Verlags
Printed in Switzerland

ISBN 3-530-61880-2

Inhalt

Tausend und abertausend Wunder

Deine Wunder umgeben mich, mein Gott,
seitdem ich den Schoß meiner Mutter verließ
und bis zu der Stunde,
wo meine Sonne sich ihrem Untergang nähert.
Und das kleinste dieser Wunder ist zu groß,
als daß ein menschlicher Verstand es begreifen
und eine Vorstellung erahnen könnte;
kein Pinsel kann es malen,
keine Feder beschreiben,
und keine Zunge kann es erzählen.
Inmitten all dieser Wunder
halte ich selbstvergessen inne;
und wenn ich weiter überlege, scheint es mir,
daß ich das größte aller Wunder bin.

Jedesmal, wenn ich meine Augen öffne und schließe
oder auch meinen Mund,
begegnen mir tausend und abertausend Wunder;
ich sättige mich an ihnen
und stille an ihnen meinen Durst,

mit Wundern bekleide ich mich
und über tausend Wunder schreite ich,
mit Wundern lege ich mich zur Ruhe
und inmitten von Wundern wache ich auf.
Meine Seele ist ein Wunder
ebenso wie mein Blut
und jede Zelle meines Körpers.
Und das Allerwunderbarste
sind jene Zellen meines Schädels,
in die sich seit dreiundachtzig Jahren
die Spuren meines langen Lebens prägten.

Ich habe keine Idee erdacht,
keinen Traum geträumt,
keinen Plan geschmiedet,
kein Bild betrachtet,
keiner Stimme gelauscht,
keine Speise gekostet,
keinen Gegenstand berührt,
keinen Duft genossen
und kein Wort gesprochen,
ohne daß es sich einprägte
in diese erstaunlichen Zellen.
Wie wunderbar bist Du, mein Gott,
und wie wunderbar bin ich!
In Deinem grenzenlosen Raum

befinden sich zahlreiche Monde, Sonnen
und Milchstraßen,
deren Entfernungen unermeßlich sind
ebenso wie ihr Umfang und Inhalt
und die Bahnen, auf denen sie sich bewegen.
Einige von ihnen drehen sich um sich selber,
die anderen umeinander.
Aber alle drehen sich in furchtbarer Geschwindigkeit,
ohne daß einer mit dem anderen zusammenstößt
oder einer dem anderen den Weg versperrt.
Sie drehen sich und drehen sich
seit Millionen Jahren,
und sie werden sich weiterdrehen
Millionen Jahre,
ohne zu schwanken
und ohne zu ermüden.
Und während sie sich drehen, singen sie.
Doch mein abgestumpftes Gehör
vernimmt ihren Gesang nicht,
denn zu viele Stimmen dringen auf mich ein.
Aber meine Seele lauscht dem Gesang
und freut sich an ihm.

Die Symphonie der Erde

Und unter diesen Monden, Sonnen und Sternen,
die alle kugelförmig sind,
gibt es eine Kugel, die sich Erde nennt,
und sie hast Du zur Wohnung gemacht, mein Gott,
für mich und meine Artgenossen
und für zahllose andere Lebewesen:
für Pflanzen und Insekten,
Vögel und andere Tiere.
Du hast sie geschaffen
in verschiedenen Arten und Geschlechtern,
die sich in mancher Hinsicht gleichen oder anziehen
und in mancher Hinsicht unterscheiden
oder abstoßen.
Alle ohne Ausnahme
– vom kleinsten bis zum größten –
sind eine Freude für Augen und Sinne,
für unsere Wahrnehmung und Fantasie.
Du hast die Erde ausgestattet
mit der größten Pracht,
die man sich vorstellen kann,
mit Bergen, Flüssen und Meeren,

und Du hast sie eingeteilt in Nächte und Tage
und in Jahreszeiten, die aufeinander folgen,
Jahr um Jahr.
Du hast sie geschmückt
mit dem blauen Firmament,
das manchmal wie ein Spiegel glänzt
und manchmal verschleiert ist
von Wolken und Nebeln.
Du hast diese Erde erfüllt
mit herrlichen Stimmen,
die aus den Kehlen ihrer Bewohner dringen
– der Söhne Adams oder anderer Lebewesen –,
und Du hast diese Stimmen
miteinander in Einklang gebracht,
so daß sie eine großartige Symphonie ergeben,
und das ist die Symphonie der Erde.
Du hast diese Erde eingerichtet
mit zahlreichen Formen und Farben,
die Auge und Herz erfreuen,
und mit tausend Wohlgerüchen
hast Du sie erfüllt.

Ihr Angesicht hast Du mit Licht gewaschen
und ihren Schoß mit Feuer gefüllt,
das bisweilen glühend hervorquillt.
Du hast ihr die Winde geschickt,

die sie auf ihrem langen Weg begleiten;
manchmal summen sie ihr zarte Lieder,
und manchmal toben sie und heulen.
Und da ich auf der Erde lebe,
drehe ich mich unaufhörlich mit ihr,
ohne es wahrzunehmen,
ja, es scheint mir, als sei mein Haus
eine uneinnehmbare Festung,
das Zentrum dieser Erde
oder des gesamten Universums.

Wunderbar ist Deine Erde, o Gott,
und alles, was sie enthält,
vom kleinsten Atom, der kleinsten Mücke
bis hin zum größten Elefanten oder Walfisch,
vom Sandkorn und vom Wassertropfen
bis zum höchsten Gebirge und größten Ozean,
von der unauffälligsten Pflanze
bis zur herrlichsten Zeder.
Und noch wunderbarer
unter den Wundern der Erde
sind die Instinkte,
mit denen Du ihre Bewohner ausgestattet hast;
dank ihrer besorgen sie sich,
was sie zum Leben benötigen,
dank ihrer wissen sie,

wo, wie und wann sie es finden,
durch sie erhalten sie ihr Leben und geben es weiter,
damit das Leben auf Erden nicht erlischt,
durch sie wissen sie sich zu verteidigen
ebenso wie ihre Frauen, ihre Kinder und ihren Besitz,
und sie lesen im Buch der Nacht und des Tages,
wann es gilt, zu arbeiten oder zu ruhen,
einzuschlafen oder aufzustehen.
Und im Buch der Jahreszeiten lesen sie
wohin sie gehen und wo sie sich niederlassen sollen.

Zwischen Sprache und Schweigen

Mich und meine Artgenossen hast du überdies
mit Gaben ausgestattet,
die den Instinkt weit übertreffen:
mit Sprache und Verstand,
mit Fantasie, Einfühlungsvermögen und Willen,
mit der Kenntnis von Gut und Böse.
Diese sind die Quellen meines Glücks
und auch meines Unglücks.
Durch die Sprache verständige ich mich
mit meinen Brüdern, den Menschen,
und durch die Sprache mißverstehen wir uns.
Oft streiten wir uns miteinander,
und wir gehen darin so weit,
daß wir Blut vergießen,
unsere Häuser gegenseitig zerstören,
unsere Frauen zu Witwen machen,
unsere Kinder zu Waisen
und unsere Erde unfruchtbar.
Die Sprache ist ein zweischneidiges Schwert
mit einer heilenden und einer spaltenden Schneide,
manchmal ein Verbindungsstrich

und manchmal ein Trennungsstrich,
oder eine Mischung aus Honig und Koloquinte*.
Meine Worte streuen Blumen
auf den Weg der Liebenden,
oder sie säen Haß
einem verheerenden Brand gleich.
Mit Worten singe ich
und mit Worten klage ich mein Leid.
Mit Worten bete ich
und mit Worten suche ich Streit.
Mit Worten schütte ich Dir, Herr, mein Herz aus,
und mit Worten entferne ich mich von Dir.
Mit Worten lege ich Zeugnis für Dich ab
und Zeugnis gegen Dich.
Wenn mir absolutes Schweigen möglich wäre,
fast würde ich es den Worten vorziehen!
Oder hast Du es so gewollt, mein Gott,
daß ich hin- und hergerissen lebe
zwischen der Sprache, die meinen Durst nicht stillt,
und einem Schweigen, das mir unmöglich ist?

* bitteres Kürbisgewächs

Die wunderbare Schatulle

Und der Verstand, mein Gott,
was für ein Wunder ist er doch!
Welch großartige Gabe
und welche Geißel zugleich!
Wie ein Globetrotter ist er stets in Bewegung.
Nicht einen Augenblick
verweilt er an einem bestimmten Ort
oder folgt einer bestimmten Richtung.
Er gleicht dem Blitz in den Wolken.
Und das Rüstzeug auf seiner Reise
sind unsere Sinne: Auge und Ohr,
Nase, Zunge, Hände und Füße.
Begierig sammelt er alles,
was das Auge sieht und das Ohr hört,
was die Nase riecht und die Zunge schmeckt
und was Hände und Füße berühren.
Er trägt es beharrlich zusammen
und hortet es in der wunderbaren Schatulle,
die sich in meinem Schädel befindet.
Alles speichert er darin,
ohne daß es durcheinander gerät,

ohne daß ein Teil einen anderen verdrängt,
überlagert oder auslöscht.
Und der Verstand holt aus dieser Schatulle hervor,
was immer er will
und wann immer er es will
– und was so erstaunlich ist –,
ohne daß sich der Inhalt der Schatulle
vermindert oder vermehrt,
und ohne daß sich die Anordnung
des Inhalts verändert.
Und wie ein Kind seinem Spielzeug,
so widmet sich der Verstand
dem Inhalt dieser Schatulle
mit dem einen Unterschied, daß ein Kind
sein Spielzeug von Zeit zu Zeit
links liegen läßt,
während der Verstand sich nicht einen Augenblick
vom Inhalt dieser Schatulle abwendet,
weder am Tage noch in der Nacht.

Und wenn es nichts Neues gibt,
was er dem Bestand hinzufügen kann,
so beginnt er, das Vorhandene
nach allen Seiten zu wenden,
wie eine wiederkäuende Kuh,
deren Kiefer nie ermüdet.

Anders wäre der Verstand nicht imstande,
eine Minute zu verbinden
mit der vorausgehenden oder der ihr folgenden,
das Gestern mit dem Heute
und das Heute mit dem Morgen.
Anders würde er nicht so leichtfertig
über den Körper verfügen,
wie es so oft geschieht.
Und wie sich das Kind mit einer Puppe beschäftigt,
die sich bewegen kann,
und sie von allen Seiten untersucht,
um hinter das Geheimnis
ihrer Bewegung zu kommen,
ebenso begeistert beschäftigt sich der Verstand
mit den beweglichen und unbeweglichen Dingen,
die ihn umgeben, und er versucht,
die Geheimnisse ihrer Bewegung
und Zusammensetzung zu ergründen.

Nie werde ich den Augenblick
an einem Feld vergessen,
als mein Blick von einem winzigen Fleck
auf der Erde angezogen wurde,
der die Größe eines Daumens nicht übertraf,
und als dieser Fleck
sich plötzlich zu bewegen begann

– in einer für das bloße Auge
kaum wahrnehmbaren Bewegung –,
da verspürte ich den Wunsch,
die Triebfeder dieser Bewegung zu kennen;
ich erschöpfte meine Blicke beim Suchen
ohne sie zu entdecken.
Minuten um Minuten vergingen,
und die träge Bewegung im Staub hielt an.
Ich stand wie auf heißen Kohlen – oder fast –
bis ich ein winziges rotes Tierchen sah
– nicht größer als ein Stecknadelkopf –,
das den feinen Sand unermüdlich verschob
mit Füßchen, die mein Auge nicht erkennen konnte.
Erstaunt fragte ich mich: wo befinden sich
in diesem winzigen Tierchen
sein Seh- und Hörvermögen,
seine Atmungs-, Verdauungs- und Zeugungsorgane?
Wie findet es seine Nahrung
und den Partner seiner Rasse?
Lebt es ein Jahr oder mehrere Jahre
oder nur den Bruchteil eines Jahres,
den Bruchteil eines Monats?
Und warum hält es sich jetzt hier auf,
an diesem kleinen Platz
auf dieser großen Erde?
Was will von ihm die Erde
und was die Erdenbewohner?

Und was erwartet es selber
von der Erde und ihren Bewohnern?
Was will das Universum von ihm,
und was erwartet es vom Universum?
Diesen Fragen gegenüber
sieht sich der Verstand ratlos und ohnmächtig,
er zieht sich zurück
und verschanzt sich
hinter einer Mauer aus Schweigen.

Aber der Verstand ist beharrlich,
die eingestandene Ohnmacht
und das andauernde Schweigen bedrängen ihn.
Er beginnt, an den Sinnen zu zweifeln,
die er für ausreichendes Rüstzeug hielt,
und er versucht, ihre Horizonte zu weiten
und ihre Geschwindigkeit zu erhöhen:
für das Auge erfindet er das Mikroskop,
um mit seiner Hilfe zu sehen,
was unendlich klein ist,
Atome beispielsweise und Monaden.
Und das Teleskop erfindet er,
um zu sehen, was unendlich groß ist,
wie die Planeten, die Millionen Lichtjahre
von uns entfernt sind.
Und er erfindet komplizierte Apparate,

um das Volumen der Planeten zu messen,
ihre Geschwindigkeit und ihre Entfernung.
Und er ersinnt das Fernsehen,
damit das Auge auf dem Bildschirm sehen kann,
was an den Grenzen des Orients geschieht,
während es sich selber im Okzident befindet.
Und die Begrenzung des Gehörs
störte den Verstand,
und er erdachte sich das Telefon und Radio,
die es dem Ohr ermöglichen,
über eine Entfernung
von Tausenden Meilen zu hören.
Und da es den Verstand störte,
daß die Füße so langsam sind,
erfand er das Auto und das Flugzeug,
und Raumschiffe, die den Mond
und die Venus erreichen.

Und der Verstand rühmte sich seiner Erfindungen
und prahlte mit seinen Errungenschaften;
schon fühlte er sich an der Schwelle
des größten Geheimnisses,
welches das Geheimnis aller Geheimnisse ist,
das Geheimnis des Lebens,
das sich in allen Dingen verkörpert,
ohne selbst ein Ding zu sein,

und das bewirkt, daß Dinge wachsen,
welken und vergehen.
Das Leben selber aber wächst nicht
und verwest nicht.
Es ist im Korn, aus dem die Pflanzen hervorgehen,
aber es ist nicht das Korn.
Es ist im Samen,
aus dem Tier und Mensch erzeugt werden,
aber es ist nicht der Samen.
Es befindet sich in allem Flüssigen und Festen,
ohne es selber zu sein.
Und aller Überfluß an Formen und Farben,
an Bewegungen und Stimmen
sind lediglich Schleier,
hinter denen sich den Sinnen
ein einziges Leben verbirgt.
Es ist, als ob Du gewollt hättest, mein Gott
– der Du das Leben bist –,
daß wir, Deine Kinder,
in Deiner Erkenntnis nur stufenweise fortschreiten,
ausgehend von der Welt der Sinne,
in der Du Dich verkörperst,
und in die Du uns hineinversetzt hast,
bis zum Leben, das Du bist,
und das Du uns anvertraut hast.
Doch das Leben kann nur verstanden werden
vom Leben selber.

Und deshalb, mein Gott,
foltert mich mein Verstand durch die Mittel,
mit denen er sein Ziel zu erreichen sucht,
denn seitdem ich existiere
und er durch mich existiert,
verspricht er mir unaufhörlich das Glück:
die Beherrschung der Naturgewalten
– und wie oft sind sie es, die mich beherrschen –,
Gerechtigkeit und Freiheit,
Brüderlichkeit und Gleichheit,
eine Gesundheit, die keine Krankheit mehr bedroht,
uneingeschränkte Kenntnis,
Bequemlichkeit und Wohlstand,
angemessenes Verhalten in allen Lebenslagen
und schließlich den Sieg über den Tod.

Doch in Wirklichkeit werde ich heimgesucht
von Unsicherheit und Angst vor Schicksalsschlägen.
Täglich, ja stündlich befallen mich Probleme,
meine eigenen und die der anderen.
Sie kommen aus dem Mund der Menschen,
aus den Spalten der Zeitungen,
aus dem Radio und vom Bildschirm,
von den Bürgersteigen der Großstädte
und den Dorfplätzen.
Und der Verstand gibt vor,

diese Probleme lösen zu können,
doch er löst keins von ihnen,
er glaubt vielmehr, es gelöst zu haben,
während er in Wirklichkeit
zwei neue geschaffen hat,
denn es ist das Eigentümliche der Probleme,
neue Probleme zu zeugen,
und meist bringen sie Zwillinge
oder Drillinge hervor.
Und so leben meine Artgenossen und ich
in einem Trubel von Lärm und Hetze,
in bewaffnetem und unbewaffnetem Streit
– weit entfernt vom versprochenen Glück –,
meistens ist es ein unbewaffneter Streit,
der zuweilen mörderischer sein kann
als der bewaffnete.

Fantasie füllt die Krüge meiner Seele

Wie gütig warst Du zu mir, mein Gott,
als Du mich mit Fantasie begabt hast.
Auf ihren Flügeln erhebe ich mich
aus dem Sog des Banalen und Geschmacklosen
– und sei es nur für eine kurze Zeit –.
Durch die Fantasie schaffe ich Welten
und beseitige Welten.
Nicht als ob ich aus dem Nichts schaffen würde,
ich schaffe nur aus dem Existierenden,
was für mich gerade nicht existiert:
so schmücke ich das Dach meines Hauses mit Sternen
und pflastere den Fußboden mit kostbaren Steinen;
ich schminke meine Augen mit Kohel*,
so daß sie überall nur Schönheit wahrnehmen,
und betupfe meine Nasenflügel mit Rosenöl,
und meinen Ohren spielt die Fantasie
Melodien der Ewigkeit.
Durch sie vereinige ich Gegensätze,
verkürze Entfernungen

* arabische Schminkpaste

und überschreite die Grenzen der Gegebenheiten,
sie zeigt mir meine Fußspuren in jeder Erde
und meine Wurzeln in jedem Stern;
von ihr beflügelt atme ich
in den weiten Räumen des Himmels.
Sie vergegenwärtigt mir,
was ich je gelernt und gedacht habe,
sie gewährt mir,
wonach ich lange strebte
und was ich mir sehnlich wünschte;
sie ist die Ursache für das Lächeln meiner Lippen
und für die Tränen, die ich vergoß.

Die Fantasie öffnet die Tore meiner Seele
für die Wunder der Schöpfung,
ohne einen Unterschied zu machen
zwischen Nähe und Ferne,
dem Freund und dem Fremden.
Durch die Fantasie fülle ich die Krüge meiner Seele
bis zum Rande mit dem, was war,
was ist und was sein wird.
Ich trinke die Schönheit, bis ich trunken bin,
und die ganze Schöpfung berauscht sich an ihr.
Die Masken der Heuchler fallen,
und ihr doppeltes Spiel wird offenbar;
nun gleichen sie Vogelscheuchen,

die man in den Weinbergen aufstellt,
um Vögel und Schakale zu erschrecken
ebenso wie die Vorübergehenden.
Und von den Gesichtern der Edelmütigen
fallen die Schleier, in die sie sich verhüllten,
aus Furcht vor Wölfen und Raubvögeln.
Doch lange verweilt die Fantasie nicht
mit ihrer Schönheit und Kühnheit,
bald wird sie in die Flucht geschlagen
von den Sinnen und dem Verstand, der diese lenkt.
Er ist der Steuermann, der hinter dem Steuer steht
und das Schiff durch das wogende Meer lenkt.
Und niemand fragt ihn, wohin die Reise geht.

Das gleißende Licht der Intuition

Und die Intuition, mein Gott, ist wie ein Blitz,
der die dunklen Wolken zerreißt
und die finstere Nacht einen Augenblick lang erhellt.
Sie blitzt plötzlich in uns auf
und lüftet einen Moment die dunklen Schleier,
dann taucht sie alles in gleißendes Licht
und verschwindet jäh
in den Wüsten der Wolken.
Doch die Welten,
die sie in diesem Augenblick offenbart,
prägen sich für immer in der Seele ein,
unveränderbar und unvergänglich.
Und diese Intuition ist ein Wunder,
sie durchkreuzt den Geist
wie der Meteor den Himmel,
von dem man nicht weiß,
woher er kommt und wohin er geht.
Ich weiß nur, daß ihr Aufleuchten
unstillbares Verlangen in meiner Seele hinterläßt,
denn in diesem Augenblick schaue ich,
was ich mit irdischen Augen nicht sehen kann:

Deinen unendlichen Himmel, mein Gott,
und alles, was er enthält,
kein Mikroskop kann dies entdecken,
weder heute noch in ferner Zukunft.
Und in diesem Moment fallen Samen des Lichtes
in mein Herz – elektrisierend und magnetisierend –,
und diese Lichtsaat ist Dein Leben,
und was elektrisiert und magnetisiert,
ist nichts anderes als die Liebe.

Und das Leben und die Liebe bist Du,
der den Himmel erfüllt
von Anbeginn bis zur Ewigkeit,
denn Dich allein
können weder Raum noch Zeit begrenzen.
Du allein bist das Leben,
Du allein die Liebe.
Ich aber bin ein Gefangener von Zeit und Ort
von Wachstum und Verfall
von Zuneigung und Abneigung.
Doch ich weiß sicher,
daß Du mich nicht ewig gefangenhältst,
denn ich bin Dein geliebtes Kind,
Dein gelehriger Schüler
und Dein geheimnisvoller Tempel,
den Du errichtet hast, um darin zu offenbaren

das Angesicht des Lebens – Deines Lebens,
und die Macht der Liebe – Deiner Liebe.
Aber die Menschen fordern mich auf:
«Gib uns einen Beweis!»
Diese Worte machen mich traurig,
und ich verschanze mich
hinter Schweigen und Geduld.

Und die Geduld und das Schweigen
verweisen mich auf mich selbst,
ich tauche ein in die Tiefen meiner Seele
und begegne dort den sehnlichen Wünschen,
die Du, Gott, in mein Herz gesät hast:
dem Wunsch nach Gerechtigkeit
und grenzenloser Freiheit,
dem Wunsch nach Erkenntnis,
dem kein Wissen verborgen bleibt,
und dem Wunsch nach Unsterblichkeit,
ohne die das Leben
weder Geschmack noch Bedeutung hat.
Und ich freue mich über den Sämann,
der seine Pflanzen hegt und pflegt.
Doch mein Glück dauert nicht lange,
denn die Intuition, die mich dahin führte,
zieht sich sogleich vom Schlachtfeld zurück,
sobald die Armee des Verstandes dort aufzieht.

Und die Heere des Verstandes,
der den Körper beherrscht,
sind seine Bedürfnisse und Ansprüche,
seine Gelüste und Launen,
seine Begierden und Schmerzen
und die Ängste, die ihn befallen:
die Angst vor Zerfall und Vernichtung
sowie der verzweifelte Versuch,
alles, was ihn umgibt,
nach seinem Gutdünken zu verwalten.
Und wenn es auf Erden schätzungsweise
dreieinhalb Milliarden Menschen gibt,
so versuchen ebenso viele Geister,
die Erde, den Himmel und was sie enthalten,
nach ihrem Gutdünken zu deuten,
und darin liegt viel Eitelkeit,
Anmaßung und Überheblichkeit.
Denn der Logos, der das Universum lenkt
in seinen Einzelheiten und seiner Gesamtheit
von Anbeginn bis in Ewigkeit,
dieser Logos bist Du, mein Gott,
doch wir denken so selten daran.

Der Wille des Wissenden
und des Unwissenden

Und was den Willen betrifft, mein Gott,
so habe ich meine Freude an ihm.
Es schmeichelt mir und befriedigt meinen Stolz,
vor mir und den anderen zu sagen:
«Ich will dies, und ich will jenes!»
Und würde ich all die Dinge zählen,
die ich wollte und auch erhielt
und über deren Erhalt ich jubelte,
sowie die Dinge, die ich wollte
und nicht erhielt, worüber ich unglücklich war,
so würde ich mit dem Zählen nicht fertig werden.
In meinem Gedächtnis
häufen sich die Erinnerungen
an quälende Stunden und schlaflose Nächte,
die ich verbrachte,
weil ich mir tausend Dinge wünschte,
in deren Besitz ich nicht gelangen konnte;
oft war es das genaue Gegenteil,
was ich erhielt,
und durch mein Gedächnis ziehen Furchen,
die oft angefüllt waren von Tränen,

Bilder, in die so manches «ach» und «au» graviert ist,
Gesichter, von Enttäuschungen gezeichnet,
Wünsche, die sich zerschlagen hatten,
die Überreste einer besiegten Armee,
Überreste meines schwachen Willens,
der sich in die verborgenen Winkel zurückzieht
angesichts des universellen Willens,
der Dein Wille ist.

Und wie könnte sich mein Wille
dem Deinen widersetzen, mein Gott!
Wie kann ein Blatt an einem Zweig wollen,
was der Zweig nicht will,
was der Baum nicht will,
was Erde und Sonne,
Meer und Wind nicht wollen,
oder was das Universum nicht will?
Wie kann ich wissen, was mir das «Heute» bringt,
wo ich weder meine nahe
noch meine ferne Vergangenheit kenne
und nicht meine nahe und ferne Zukunft?
Und wenn ich es wüßte,
würde ich mich darüber freuen,
oder wäre ich unglücklich
und würde mir etwas anderes wünschen?
Groß ist der Unterschied

zwischen dem Willen des Wissenden
und dem Willen des Unwissenden.
Und ich bin unwissend, mein Gott,
und Du allein weißt alles.

Aber Unwissen ist der Weg,
der zum Wissen führt,
ein Weg voller Gräben und Gefahren,
gepflastert mit Dornen und Scherben.
Wer sich auf diesen Weg begibt,
dem werden Hände und Füße bluten,
Verstand und Herz ermatten,
und seine Kräfte werden sich erschöpfen,
bevor er sein Ziel erreicht.
Welches Verdienst hätten wir sonst,
wenn der Preis für unser Wissen
nicht Blut und Schlaflosigkeit wären?
Es wäre wie Essen und Trinken
in einem Traum.
Und da ich unwissend bin
und meine Unwissenheit einsehe,
und weil Du allwissend bist
und die Quelle aller Wahrheit,
so nimm mich an Deine Hand, mein Herr,
damit ich den langen, dornenreichen Weg
zurücklege bis hin zu Dir.

Und gestärkt an Deiner Quelle
werde ich sagen können: «ich will!» –
und ich werde erreichen, was ich will.

Ich bin Dein Kind, mein Gott,
und im Stadium der Kindheit
befinden sich all die wunderbaren Kräfte,
die Du in mir angelegt hast
und um die Du Dich kümmerst;
ich erdulde ihre Unreife und Sorglosigkeit
in der Erwartung,
daß sie einmal Vernunft annehmen.
Meine Sprache ist die Sprache eines Kindes,
und kindlich ist meine Vernunft,
meine Fantasie ist die eines Kindes
und ebenso meine Intuition,
kindlich ist mein Wille
und kindlich das Wissen,
das aus allem resultiert,
das Wissen von Gut und Böse.
Und wie das Kind mit Marionetten spielt,
so spiele ich mit diesen Kräften,
und die liebste aller Marionetten,
sie heißt «Ich»,
mit ihr beschäftige ich mich fast ausschließlich,
ich verteidige sie mit Scharfsinn

und aller mir zur Verfügung stehenden List,
ich bin stolz auf den kleinsten Fortschritt,
und ich wünsche sie endlos wie die Zeit.
So oft vergesse ich, mein Gott
– oder tue so, als hätte ich vergessen –,
daß dieses «Ich» nur durch Dich existiert,
durch Dein Leben lebt
und in Deinem Willen einen Willen besitzt.
Und weil dieses «Ich»
ein unwissendes und anmaßendes Kind ist,
verhält es sich so, als ob sein Wesen
unabhängig wäre von dem Deinen,
als ob es einen eigenständigen Willen hätte
und als ob sein Wissen
nicht aus dem Deinen hervorginge.

Das ist die Ursünde, und ihre Vergeltung ist der Tod:
der Tod des Wesens,
das von Deinem Wesen getrennt ist,
und der Tod des Willens,
der sich von Deinem Willen löste.
Darauf folgt die Erlösung von der Sünde
– der Weg von Gut und Böse –,
und dieser Weg ist mühsam und lang!
Wenn wir sein Ende erreicht haben,
werden wir erkennen,

daß das Gute bedeutet,
sich Deinem Willen zu fügen
und mit unserem Wesen
in Deinem Wesen aufzugehen,
und daß das Böse darin besteht,
sich Deinem Willen zu widersetzen
und auf einer Seinsform zu beharren,
die unabhängig ist von Deinem Sein.
Auf dem Weg des Guten
kehren wir zu Dir zurück,
um durch Dich allein zu leben,
und wir werden aufgehen in Dir.

Die Verabredung mit dem Tod

So zeigt sich mir mein Weg, mein Gott,
mein Weg von Dir und mein Weg zu Dir.
Und ich weiß nicht, wo ich mich heute befinde
auf diesem Weg;
doch ich weiß, daß ich nicht aufhöre
vorwärtszugehen,
mit meinem Kreuz auf meiner Schulter,
und ich weiß, daß ich weitergehen werde,
bis ich Deinem Boten begegne,
mit dem ich verabredet bin.
Er hat diese Verabredung einseitig getroffen,
ohne mich zu fragen,
er allein weiß,
wann, wo und wie
unsere Begegnung stattfinden wird,
ich selbst bin ahnungslos.
Ist es nicht merkwürdig,
daß ein Treffen zustandekommt,
obwohl nur einer der Partner den Ort und die Zeit
der Begegnung weiß?
Aber so verhält es sich mit mir und Deinem Boten.

Und Dein Bote ist unerbittlich,
weder läßt er einen Einwand gelten,
noch läßt er sich auf eine Vertagung ein.
Die Erfahrung hat mich gelehrt,
daß Dein Bote seine Mission nicht einen
Augenblick vernachlässigt,
und er ruht nicht, neue Begegnungen zu vereinbaren,
nicht nur mit Menschen,
sondern mit allem, was lebt und auch nicht lebt,
auf Erden und an Deinem Firmament,
von dem wir weder Anfang noch Ende kennen.
Sie alle haben eine Verabredung mit Deinem Boten,
die einen treffen sich mit ihm in diesem Augenblick
oder im folgenden,
andere begegnen ihm erst in Millionen Jahren,
doch alle – ohne Ausnahme – treffen sich mit ihm,
an einem bestimmten Ort
und zu einer bestimmten Zeit.
Und dieser Bote ist der Tod.

Ich weiß, mein Gott,
oder ich glaube zu wissen,
daß der Menschensohn, der glaubt,
ein Wesen außerhalb dem Deinen zu besitzen
und einen Willen,
der sich von Deinem unterscheidet,

daß dieser Menschensohn sterben muß,
er muß gekreuzigt und begraben werden,
um seine Illusionen zu sühnen.
Und wenn er aus seinem Grab hervortritt,
ist er nicht mehr Menschensohn,
der Geburt und Sterben unterworfen ist,
sondern Gottessohn,
der weder geboren wird noch sterben wird.
Das alles ist mir bekannt, nur weiß ich nicht
– und wie gerne würde ich es wissen, mein Gott –,
warum jedes Ding und jedes Lebewesen
in Deinem Universum leiden und sterben muß?

Wenn Leid und Tod des Menschensohnes Sühne sind
für seine Illusion,
einen eigenständigen Willen zu besitzen
und ein unabhängiges Sein,
was sühnt das Schaf, das der Schlachter tötet
oder der Wolf mit seinen Zähnen zerreißt
– und wer kann sich diese Schmerzen vorstellen –?
Was sühnt der Wolf,
den die Kugel des Schafbesitzers trifft?
Was sühnt die stolze Zeder,
die ein Blitz von oben bis unten spaltet
und die bis zu ihren Wurzeln in der Erde verbrennt,
oder der Fels, den Puder und Dynamit zertrümmern,

oder das Gestirn am Firmament,
das in viele Teile zersplittert,
die ihrerseits am Firmament kreisen?
Was sühnen all diese Kreaturen,
die Du nicht nach Deinem Bild und Gleichnis
geschaffen hast wie den Menschen?
All diese Kreaturen – ohne Ausnahme –
haben eine Verabredung mit dem Tod
und erleben all seine Begleiterscheinungen
wie Angst und Schmerzen.
Aber der Schmerz ist nur da, wo auch die Freude ist.
Und so groß die Freude ist,
so groß ist der Schmerz über ihren Verlust.
Die größte Freude, die Du uns schenktest, mein Gott,
ist die Freude an der Ewigkeit.
Du hast Erde und Himmel geschmückt
mit zahllosen, unbeschreiblichen Wundern,
und jeder Kreatur schenktest Du die Fähigkeit,
sich daran zu erfreuen.
Und so ist es nicht verwunderlich,
daß jeder, der auf Erden lebt,
Deinen Boten «Tod» haßt.

Des Menschen herrlicher Tempel

Der Mensch erbaut ein Haus,
um darin zu wohnen,
und später wird dieses Haus ein Teil seiner selbst.
Und wenn es Feuer finge oder zerstört würde,
so würde auch in der Seele seines Besitzers
etwas verbrennen oder zerstört werden;
um so mehr trifft dies zu,
wenn dieses Haus ein herrlicher Tempel ist
wie der Körper des Menschen,
den Du geschaffen hast, mein Gott!
In diesem Tempel verbringt der Mensch sein Leben
– möge es kurz oder lang sein –,
darin legt er sich zur Ruhe und erwacht,
darin ißt und trinkt er,
darin hat er Wunschträume und Alpträume,
darin feiert er Feste und Begräbnisse,
darin nisten seine Ideen und seine Sorgen,
seine hellen und dunklen Wünsche und Absichten,
darin entzündet er das Feuer seiner Liebe
und die Flamme seines Hasses,
darin bringt er Opfergaben dar

und darin versündigt er sich,
darin erfreut er sich
an den paradiesischen Schönheiten
und darin leidet er Höllenqualen,
darin erhebt er sich zu edler Größe
und darin stürzt er
in die tiefsten Abgründe des Nichts.
Dann kommt Dein Bote «Tod» zu ihm
und befiehlt ihm unwiderruflich und despotisch:
«Verlaß diesen Tempel!
Er gehört dir von nun an nicht mehr!»

Sind wir Menschen darum zu tadeln,
wenn wir rufen,
wie es Dein und Marias Sohn in seiner Passion tat:
«Vater, wenn es möglich ist,
laß diesen Kelch an mir vorübergehen!»?
Wie kann ich mich
von diesem wunderbaren Tempel trennen,
den Du für mich bereitet hast, mein Gott,
nicht aus Holz, Stein oder Eisen,
sondern aus Knochen, Fleisch und Blut,
Du machtest mich zu seinem Besitzer
und zum Priester seines Altares,
wie könnte ich es dulden,
daß er zerstört wird und verfällt?

Wie könnte ich mir meine Augen vorstellen
mit unbeweglichen Lidern,
unfähig, das Licht wahrzunehmen
oder sich an Bildern zu erfreuen.
Und meine Hand, die diese Zeilen schreibt,
könnte ich sie mir kalt und leblos vorstellen,
einem Holzscheit gleich?
Wie könnte ich mir dieses Herz vorstellen,
ohne sein Klopfen zu hören
und meine Lunge ohne ihre Atemzüge?
Könnte ich mir meine Füße vorstellen
unbeweglich wie Tote?
Oder dieses wunderbare Gehirn,
diese Befehlszentrale,
von der alle Anordnungen ausgehen
an jeden Tropfen meines Blutes,
jeden Atemzug meiner Brust
und an jede Zelle meines Körpers,
dieses Gehirn, das alle Ereignisse
und Bilder meines Lebens speichert,
wie könnte ich es mir vorstellen
als leblose Masse,
die nur noch den Würmern als Nahrung dient.
Wie kann ich an all das denken,
ohne von entsetzlicher Angst gepeinigt zu werden.

Furchtbar ist der Tod, mein Gott,
furchtbar, furchtbar!
Und der grausamste Tod
ist der Tod von Müttern und Kindern
und der Tod, den die Menschen einander zufügen
auf den Schlachtfeldern,
wo Leiber von Bomben zerrissen
und vom Feuer verbrannt werden,
oder der Tod auf dem Meer,
wenn die Toten der Fische Nahrung werden.
Angesichts des Todes
und dem Entsetzen, das er verursacht,
wie nichtig sind da meine täglichen Sorgen
und die Sorgen der Menschen,
meine Probleme und ihre Probleme,
meine Freuden und Leiden,
ihre Freuden und Leiden?
Nichtiger sind sie als Weizenspreu!

Und wie zerbrechlich sind die Festungen,
die ich mir errichte, und die sie sich errichten?
Sie sind leichter zerstörbar als Spinnengewebe!
Zahlreiche Ruinen gibt es auf Erden,
welche die Menschen ehrfürchtig instandhalten
und wie die Pupille ihres Auges schützen.
Es sind Überreste ihrer Vorfahren,

manche haben eine bedeutende Architektur,
andere enthalten Spuren von künstlerischem Wert,
aber der Tod zerstört sie täglich mehr
mit seinen Spitzhacken, Sägen und Meißeln.
Und es wird ein Tag kommen,
an dem keine dieser Spuren mehr existiert,
an dem die Erde nicht mehr Erde sein wird
und die Sterne nicht mehr Sterne.
Selbst die Sonne bleibt nicht ewig Sonne.
Nichts wird auf Erden und am Firmament bleiben,
ohne daß die Hand des Todes es berührt
und es in Nichts verwandelt.
Doch Dein unendlicher Himmel wird bleiben, Herr,
er wird sich weder zusammenziehen noch ausdehnen,
weder vergrößern noch verkleinern
und seine Form nicht verändern.
Und Du, mein Gott, wirst bleiben
und den Himmel erfüllen.
Doch was wird mein Anteil am Himmel sein?
Was wird mir zukommen, Deinem Kind,
geschaffen nach Deinem Bild und Gleichnis?

Was geschrieben ist, bleibt geschrieben

Vom Himmel kam der Hauch,
der meine Glieder bewegte,
noch bevor ich den Schoß meiner Mutter verließ;
und zum Himmel kehrt mein Atem zurück
in der Stunde meines Todes,
wenn Wärme und Bewegung
meinen Körper verlassen
und er leblos sein wird.
Und wie ein Blitz durch die Wolken jagt,
so kommt mir der Gedanke in den Sinn,
daß der Himmel
im gleichen Verhältnis zum Kosmos steht
wie unser Gehirn zum menschlichen Körper.
Denn wie das Gehirn alle Einzelheiten
aus dem Leben des jeweiligen Menschen speichert,
ohne daß Elemente mit anderen vermischt werden,
oder die einen die anderen verdrängen,
oder diese von jenen ausgelöscht werden,
genauso speichert auch der Himmel alles,
was im Kosmos geschieht – seit seinem Anbeginn,
ohne daß ein Tropfen oder ein Buchstabe

unberücksichtigt bliebe, und wir,
wie weit wir auch fortgeschritten sind
in der Kunst des Lesens oder Schreibens
und in der Erkenntnis der Eigenschaften aller Dinge,
so bleiben wir doch Analphabeten,
zerstreute und unwissende Kinder,
bis zu dem Augenblick, da wir zu lesen vermögen,
was unsere Gehirne
und das Gehirn des Universums enthalten,
und wenn wir verstehen, was wir da lesen.
An dem Tag, an dem wir dazu fähig sind
– und das wird nicht in einem Lebensalter geschehen,
sondern nach einer langen Folge von Leben –
an diesem Tag werden wir das Leben segnen
und wir werden verstehen,
daß es nur ein Übergang war
von einem Kapitel zu einem anderen
im Buch Deines wunderbaren,
unendlichen Universums.

Und bis zu diesem Tag,
an dem ich fähig sein werde zu lesen,
was sich in meine Erinnerung eingraviert hat
und in die Erinnerung des Universums,
gib mir die Kraft, mein Gott,
den Tod anzunehmen als Deinen Boten,

der mir nur Gutes bringt,
als einen Lehrmeister,
der mich fortschreiten läßt
von meinem blinden Willen
zu Deinem weitblickenden Willen,
von meinem sterblichen Wesen
zu Deinem unsterblichen Wesen.
Hilf mir, daß sich ab heute nichts mehr einprägt
ins Buch meiner Erinnerung,
was ich bedauern würde
und dessen ich mich schämen müßte
vor mir und vor den anderen Menschen,
wenn ich es lesen würde
oder andere es lesen würden –,
und sei es in tausend Jahren.
Mein Bedauern und meine Scham wären dann
wie ein verheerendes Feuer, das mich verbrennt,
ohne daß es sich oder mich in Asche verwandelt.

Wie sehr wünschte ich,
daß es mir möglich wäre,
aus dem Register meiner Erinnerung
sowie aus der Erinnerung des Universums
zahlreiche Spuren zu löschen
von dem, was ich sagte und tat,
was ich plante und wünschte,

was ich dachte und erträumte,
was mir gefiel und was ich beweinte.
Doch was geschrieben ist, bleibt geschrieben,
und es gibt kein Mittel, es zu löschen,
man kann lediglich versuchen,
es unfruchtbar zu machen
oder seine Wirkung aufzuheben,
und zwar indem man das Gegenteil davon schreibt,
etwa wenn ich statt über die Rache
über das Verzeihen schreibe,
über die Tugend statt über die Ausschweifung
und über die Liebe statt über den Haß.

Wie glücklich sind diejenigen,
deren Bilder der Erinnerung
überwiegend aus Liebe bestehen,
die alles andere beherrscht.
Sie sind es, die den Weg von Gut und Böse
bis zu seinem Ende gegangen sind,
sie haben zu ihrem wahren Wesen gefunden;
die Tore des verlorenen Paradieses
haben sich für sie geöffnet,
und sie sind eingetreten,
um dort zu bleiben,
außerhalb von Zeit und Ort
und jenseits der Reichweite des Todes.

Diejenigen aber, die noch nicht eintraten
ins Königreich der Liebe,
sind dazu verdammt,
von einem Lebensalter zum anderen
aus ihrem Gedächtnis
und dem des Universums
die Früchte zu ernten,
die sie gesät haben –
mit dem Samen von Gut und Böse.
Und das ist ihre Belohnung oder Bestrafung,
das ist ihr Urteilsspruch und ihr Gericht.

Es gibt noch eine andere Idee, mein Gott,
die wie ein Blitz durch meinen Kopf zieht:
sie betrifft das, was die Schatulle enthält,
die sich im Inneren meines Schädels befindet,
sie ist keine Materie,
die sich ertasten oder messen läßt
und deren Gewicht man
auf einer Waage ablesen kann,
sondern sie besteht aus einer unvorstellbaren Menge
verinnerlichter Bilder und Eindrücke dessen,
was mir im Leben widerfuhr.
Es gibt nichts, was ich auf Erden
oder am Himmel sah,
nichts was ich berührte, fühlte oder schmeckte,

keine Stimme, die ich hörte,
kein Wort, das ich sprach oder schrieb,
keine Bewegung – spontan sei sie oder beabsichtigt –,
es gibt keinen Traum, den ich träumte,
keine Hoffnung, die ich nährte,
weder eine Idee noch einen Wunsch
und kein Gefühl,
die keine Spur in meinem Gedächtnis
hinterlassen hätten.
Und es scheint mir, mein Gott,
daß mein Gehirn,
in das sich all diese Bilder eingeprägt haben,
– in so wunderbarer Weise,
die alles Begreifen übersteigt –,
daß dieses Gehirn vergehen wird,
denn es ist Materie
und wird den Weg der Materie gehen.
Doch die Bilder und Eindrücke in ihm
werden nicht vergehen,
denn sie sind nicht Materie.
Und es scheint mir,
daß die Summe dieser Bilder
den Kern des menschlichen Wesens bildet,
das wir «Ich» nennen,
und das uns von jedem anderen Menschen
dieser Erde unterscheidet.
Und dieses innere Wesen

entwickelt sich unaufhörlich weiter,
bis es dein Wesen erreichen
und sich in ihm auflösen wird,
so wie sich das Hagelkorn im Bach auflöst,
der Bach im Fluß
und der Fluß im Meer.
Und diese Auflösung ist keine Vernichtung
und kein Verfall,
auch kein Übergang vom Sein zum Nichtsein,
vielmehr ist es der Übergang
von einem begrenzten Sein
zum ewigen und unbegrenzten Sein.

Bis ich nur noch Geist bin

Dies offenbart sich mir, mein Gott,
in dem Augenblick,
wo ich mich an Dich wende und Dir zuhöre.
Und in diesem Augenblick geschieht es,
daß die Uhrzeiger aus dem Rhythmus geraten,
daß die Erde und die anderen Planeten vergessen
sich zu drehen
und daß der Seiltänzer Verstand schlummert,
dann fällt mein Kreuz von meinen Schultern
und mein Joch von meinem Hals,
die Stimmen meiner Leidenschaften verstummen
und mein Körper wird immer leichter,
bis ich nur noch Geist bin.
Wie sehr wünschte ich,
daß dieser Zustand anhielte
und sich nie mehr veränderte!

Doch wie wirklichkeitsfern ist dieser Wunsch:
der Tempel, den ich bewohne
und die Welt, die ihn beherbergt,

scheinen es darauf angelegt zu haben,
die Freude zu trüben, die ich empfinde,
wenn ich bei Dir verweile.
Kaum habe ich mich Dir zugewandt,
da kommt etwas daher,
was mich von Dir entfernt!
Wie oft habe ich vergeblich versucht,
die Bilder der Erde und des Himmels
– von den häßlichsten bis zu den schönsten –
aus meinen Augen zu verbannen,
um nur noch Dich zu sehen,
Dein Licht und Deine Herrlichkeit.
Doch meine Augen säumten nicht lange,
um wieder vom Zauber der Erde
und des Himmels zu schlürfen,
ohne meinen Durst zu stillen,
und ich vergieße Tränen über die Enge der Erde
und die Spießigkeit ihrer Bewohner,
bis meine Tränenquellen ausgetrocknet sind.

Und wie oft verschloß ich meine Ohren
vor den Stimmen der Erde und des Himmels,
gleich ob sie von der Süße eines Nachtigallenliedes
oder von der Rauheit einer Eselsstimme waren,
damit sie nur noch auf Dich hören,
aber meine Ohren säumten nicht lange,

sich wieder zu öffnen den Stimmen der Erde,
die das Herz mit heller Freude erfüllen
oder mit Überdruß.
Wie oft habe ich aus meinem Gedächtnis
alle Ideen ausgesiebt,
bis nur noch die Idee an Dich übrigblieb,
dann war mein Herz gereinigt von allen Wünschen
außer dem einen, mich Dir zu vereinen.
Und siehe da, mein Gedächtnis öffnete aufs neue
beide Flügel seines Tores
für Ideen, die nichts zu tun haben
mit der Hingabe an Dich,
und es füllte sich
mit neuen Wünschen und Begierden,
die mich ablenken von Dir.

Das helle Gesicht meines Lebens

Hier ist ein kleines Mädchen,
das sich auf ein rotes Dreirad schwingt
und mit großer Geschwindigkeit durchs Haus fährt,
ohne einen Stuhl anzurempeln oder eine Tür.
Und kommt sie bei mir vorbei und sieht,
daß ich mit Schreiben beschäftigt bin,
dann läßt sie ihr Dreirad stehen
und beharrt darauf, sich auf meinen Schoß zu setzen.
Vergeblich versuche ich ihr zu erklären,
daß ich beschäftigt bin.
Für sie aber hat keine Bedeutung,
was ich gerade schreibe
– so wie es tausenden Menschen, älter als sie,
nichts bedeuten mag –.
Und so endet die Runde damit,
daß es der Kleinen gelingt,
sich auf meinen Schoß zu setzen
und mich mit Fragen zu überfallen:
«Jiddu*, was schreibst du da?

* Großvater

Jiddu, warum schreibst du denn?
Jiddu, liebst du mich?»
Und wenn ich ihre letzte Frage bejahe,
schlingt sie ihre Arme um meinen Hals
und übersät mein Gesicht mit Küssen,
indem sie wiederholt:
«Meine Liebe zu Jiddu
ist so weit wie das Meer
und so groß wie Himmel und Erde!»
Bei diesen Worten droht mein Herz zu zerspringen,
und ich wünschte, daß es mir möglich wäre,
diese Kleine stets zu beschützen,
alles Böse von ihr fernzuhalten
und die Schleier der Zukunft zu lüften
ebenso wie die der Vergangenheit,
um zu wissen, woher sie kommt,
wohin sie gehen wird,
welcher Weg ihr hier auf Erden beschieden ist
und was die Hand des Schicksals für sie bereithält.
Und das kleine Mädchen auf meinem Schoß
verliert allmählich seine Scheu,
sie streckt ihre Hände nach meiner Feder aus
und nach den Blättern, die vor mir liegen,
und ich beginne, mit ihr zu schimpfen.
Doch sollte ich mich lieber selber schelten,
denn hat sie nicht mehr Recht als ich
auf meine Feder und auf meine Blätter.

Da erscheint die Mutter des Kindes,
um mich daran zu erinnern,
daß es Zeit zum Essen ist:
«Ankulti*, hast du heute keine Lust zu essen?»
Und die Mutter des kleinen Mädchens ist May,
die Tochter meines Bruders Najib,
die sich seit dreißig Jahren um mein leibliches
und seelisches Wohlbefinden kümmert.
Wie sehr bin ich ihr zu Dank verpflichtet
für ihren Takt und ihre Aufmerksamkeit,
für ihre Verschwiegenheit und Zurückhaltung
in der Haushaltung und im Umgang mit Menschen,
in ihrer Gastfreundschaft und in der Liebe zu denen,
die den Wert ihrer Liebe zu schätzen wissen.
«Ankulti» ist ein Wort, das May aus dem englischen
«uncle» gebildet hat, um mir zu schmeicheln.
Dann gibt es noch den Vater von May
und ihre beiden Brüder Yussef und Nadim
sowie ihre Frauen und Kinder
und eine große Anzahl Verwandter und Bekannter,
Freunde und Leser.
Diese Menschen bilden
das helle Gesicht meines Lebens,
ebenso wie alle Bilder,
die meine Augen in sich aufnahmen,

* mein Onkel

um den Zauber der Erde
und des Himmels zu entdecken
und alle Gesten menschenwürdigen Verhaltens,
die mein Herz berührten;
dieses helle Gesicht
ist mir Trost und Freude
und bindet mich mit eisernen Ketten an diese Erde.

Und so fällt es mir schwer, daran zu denken,
daß ein Tag kommen wird,
wo ich es aus den Augen verlieren werde.
Ich vergesse dabei, daß die Erde
und alles, was sie enthält,
der Vernichtung ausgesetzt ist.
Doch das Bild dieses Gesichtes
trage ich in mir,
wo immer ich sein werde
und wohin immer ich mich wenden werde.
Und das Gesicht des Lebens
ist Dein Gesicht, mein Gott,
das sich weder verändert noch auflöst.

Wir sind unsere eigenen Tyrannen

Und was das dunkle Gesicht meines Lebens
auf Erden betrifft,
so sehe ich seine Züge in allem,
was um mich herum geschieht:
ich sehe sie in Naturgewalten,
in Erdbeben und Vulkanausbrüchen,
in Blitz, Hagel und Sturm,
in der glühenden Hitze,
die Pflanzen und Erde verbrennt,
Tiere und Menschen verdursten läßt,
in den sintflutartigen Wolkenbrüchen,
welche die Häuser
und ihre Bewohner überschwemmen,
Felder und Haustiere vernichten
und die Erde verheeren.
Ich sehe sie im Kampf der Geschöpfe miteinander,
im gewaltsamen Kampf
zur Verteidigung oder zur Vernichtung,
der keinem Dschungel erspart bleibt,
keinem Gebirge oder Tal,
keinem Fluß oder Meer,

ein mörderischer Kampf
ohne Unterbrechung oder Waffenstillstand,
weder in der Nacht noch am Tage
noch in einer der Jahreszeiten.
Und ich sehe sie vor allem
im Kampf des Menschen mit der Natur
und im Kampf der Menschen untereinander.

Die Menschen beklagen sich oft,
daß es einen Willen über ihrem Willen gibt
und eine Macht über ihrer Macht;
sie wünschten sich sehnlichst,
daß ihr Wille der höchste sei
und ihre Macht grenzenlos.
Deshalb nehmen sie Zuflucht
zu ihrer Intelligenz und Weisheit,
und wenn diese nicht ausreichen,
zu ihrer Verschlagenheit und Bosheit,
um ihren Willen und ihre Macht
allen Kreaturen dieser Erde aufzuzwingen,
die weniger listig und scharfsinnig sind,
weniger vorausschauend und klug,
und so zeigt er seine Schwäche,
denn nur wer schwach ist,
benötigt Repressalien denen gegenüber,
die stärker sind als er,

und quält diejenigen,
die schwächer sind als er.

So hat der Mensch die Tiere
seinem Dienst unterstellt,
er bändigte den Elefanten und das Kamel,
den Stier und das Pferd,
das Maultier und den Esel,
den Widder und den Ziegenbock,
die Gans und die Ente,
das Huhn und die Taube
und viele andere...
Und diejenigen der Kreaturen,
die er seinem Dienst nicht unterwerfen konnte,
die jagte er aus dem Hinterhalt
mit Netzen, Fallen oder Bleikugeln.
Vor ihm sind nicht sicher
die Bewohner des Dschungels,
wie Löwe und Leopard,
Rhinozeros und Wildschwein,
Steinbock und Hirsch,
und nicht die Schlangen und Vipern,
nicht sicher vor ihm sind die Bewohner der Steppen
wie der Strauß und die Gazelle
oder die Bewohner der Meere
wie der Wal und kleinere Fische,

und nicht die Vögel des Himmels
vom Adler bis zum kleinsten Vogel.
Vor seinen Nachstellungen retten
konnten sich weder Reptilien noch Insekten,
denn unter ihnen gibt es solche,
die sein Wohlbefinden belästigen,
und andere, die ihm schaden
bei der Ernte der Erde;
so hat er zahlreiche Giftsorten erfunden,
die sie zerstören – und gleichzeitig
eine Menge anderer Insekten,
Pflanzen und Vögel,
die dem Menschen hilfreich sind.
Und keinen Augenblick zweifelt der Mensch daran,
daß es sein absolutes Recht ist,
die schwächeren Kreaturen so zu behandeln,
wie er sie behandelt;
einen Teil von ihnen verurteilt er zur Zwangsarbeit,
einen anderen Teil tötet er,
um sich von ihrem Fleisch zu ernähren
und ihre Felle und Knochen zu verwerten;
andere tötet er im Namen der Wissenschaft
oder zum Sport,
und wieder andere pfercht er ein
in Eisenkäfige oder enge Ställe,
und niemals kommt es ihm in den Sinn,
daß diese Kreaturen Anspruch haben

auf einen Teil des Himmels und der Erde,
der nicht geringer ist als sein Anteil.
Daß sie das Leben ebenso lieben,
wie er selbst es liebt,
und daß ihr Leben mitnichten
ein Geschenk des Menschen ist
oder ein Werk seiner Hände,
über das er beliebig verfügen kann,
sondern daß er einmal aufgefordert werden wird,
Rechenschaft abzulegen über seine Handlungen
vor einem unbestechlichen Gericht,
dessen Urteilsspruch er sich nicht entziehen kann.

Merkwürdig ist es, zu erleben,
wie ein Sklave sich beklagt
über die Willkür seines Herren,
aber selber zum Tyrannen wird,
sobald sich ihm die Gelegenheit dazu bietet
und er über einen oder mehrere andere Menschen
gesetzt wird wie beispielsweise jener Statthalter,
der seine Untergebenen ausbeutet
und sie erbarmungslos tyrannisiert
aufgrund der Macht, die ihm zuteil wurde
im Namen des Gesetzes
oder im Namen religiöser Traditionen,
und jener Ehemann,

der seine Ehefrau wie ein Objekt behandelt,
wie einen Putzlappen oder einen Fetzen Stoff,
weil das Gesetz ihn zu ihrem Herrn machte,
oder jener Lehrer, der seine Schüler
kraft seiner Autorität dressiert,
obgleich er selber es ist,
der der Disziplin entbehrt,
oder jener Arbeitgeber,
der seine Arbeiter ausnimmt,
weil ihm das Geld und die Macht gehören
und weil das Gesetz ihn schützt,
oder jener Seelenhirte, der seine Gemeinde
nach der Gnade Gottes verschmachten läßt,
weil er sie anleitete, ihm selber zu folgen
im Namen der Autorität,
die ihm von «oben» gegeben wurde,
oder jener Kriegsherr, der riesige Armeen
in die Schmelzöfen der Hölle schickt,
weil das Gesetz ihm die Vollmacht verleiht,
über seine Armeen zu verfügen,
soweit es die Vorsicht gebietet.

Doch was ist überhaupt das Gesetz?
Eine Kette aus Eisen von Menschen gemacht,
um einander damit die Hälse in Fesseln zu legen,
ohne die beträchtlichen Unterschiede

zu berücksichtigen, die zwischen einem Hals
und einem anderen bestehen,
denn so groß der Unterschied ist
zwischen dem Hals einer Ameise
und dem eines Elefanten,
so ist er mindestens ebenso groß
zwischen einem Unwissenden und einem Propheten,
und es wäre ein Unrecht,
beiden die gleiche Halsfessel zu verpassen.

Ja, ich bin ein Tyrann, mein Gott,
und meine Tyrannei ist die schlimmste von allen,
es ist die Tyrannei des Gefangenen,
der Gefängniswärter wurde,
oder die Tyrannei des Sklaven,
den man zum Gesetzgeber gemacht hat,
und diese Tyrannei verfinstert mein Gesicht.
Es gibt noch viele andere Höhlen,
aus denen Dunkelheit in mein Herz einströmt
und das Gesicht meines Lebens
mit einer Maske aus Kummer,
Bitterkeit und Trauer bedeckt;
und diese Maske hindert mich daran,
den Glanz Deines Gesichts zu sehen,
der von keinem Schatten getrübt wird.
Zu diesen Höhlen der Finsternis zähle ich

die Krankenhäuser, Sanatorien und Heilanstalten,
die über die ganze Welt verstreut sind
und in denen sich Millionen Menschen
den Drogen der Medizin anvertrauen
oder dem Messer des Chirurgen,
um ihre entsetzlichen Schmerzen zu lindern;
da wird das Mitleid grammweise verkauft
für Heller und Dinare;
hier trotzen dem Tode
die Reichen und die Armen,
die Großen und die Kleinen,
um länger auf Erden zu leben,
und wäre es auch nur ein Jahr,
ein Monat oder ein Tag,
ohne daran zu denken, was diese Zeit
an Schmerzen für sie bereithält,
und ohne an die Verabredung zu denken
zwischen ihnen und Deinem Boten,
dem Tod.

Die Höhlen der Finsternis

Zu diesen Höhlen der Finsternis zählen erst recht
die Gefängnisse und Konzentrationslager
sowie die Lager der Flüchtlinge,
die aus ihren Häusern
und Feldern entwurzelt wurden.
Diese Lager sind belastende Beweise
gegen alle Regierungen und Gesellschaften
und gegen die Menschen, die sie schufen,
um in Ruhe und Frieden zu leben.
Doch sie sind meilenweit entfernt
von Ruhe und Frieden.
In diesen Höhlen hat sich die Finsternis angehäuft
Schicht auf Schicht,
und es ist nicht verwunderlich,
daß etwas von dieser Finsternis
in meine Seele eindringt,
solange ich Mensch unter Menschen bin.
Und meine Seele beschwert sich,
wenn es der Finsternis gelingt,
sich als ein Hindernis aufzurichten
zwischen mir und dem ewigen Licht.

Und was soll ich erst sagen
über die schrecklichen Höhlen,
die sich Kriegsministerien nennen
oder Verteidigungsministerien
und auf die keine Nation dieser Erde verzichtet,
vielmehr werden sie allenthalben,
in jedem Staat oder Ministaat dieser Welt,
das wichtigste und teuerste Ministerium,
sie engagieren die besten Köpfe ihres Landes
oder fähige Köpfe, die sie anderen Ländern abkaufen,
sie alle werden mobilisiert und bestens honoriert,
doch nicht zum Wohl dieser Erde,
nicht um trostlose Wüsten
in blühende Gärten zu verwandeln,
nicht um die Ängste der Menschen zu erleichtern,
sondern um höllische Waffen zu erfinden,
mit denen sich die ganze Welt
mehrfach in Brand setzen läßt,
die alle Bauten der Erde in Ruinen verwandeln
und Millionen Menschen
in einem Augenblick vernichten können,
so daß Mutter und Kind,
der Liebhaber und die Geliebte,
der Gläubige und der Ungläubige
zum Futter werden für Kanonen,
zur Nahrung für die Tiere
mit Krallen, Klauen und Zähnen,

zum Dünger für die Erde oder zur Asche,
die der Wind aufwirbelt und zerstreut.
Je mörderischer diese Waffen sind,
um so wertvoller sind sie für jene Ministerien:
wie die Atombomben und Wasserstoffbomben
und die chemischen Waffen aus Mikroben
und tödlichen Giften.

So überbieten sich die reichen Staaten,
Fabriken zur Waffenherstellung zu bauen und sie
mit den modernsten Einrichtungen auszustatten;
sie engagieren Millionen Hände,
die ihre Fabriken in Gang setzen
und die notwendigen Rohstoffe besorgen
aus dem Innern der Erde
oder von seiner Oberfläche.
Und die armen Staaten beeilen sich,
soviel Waffen wie möglich
auf Kredit zu kaufen,
und mit der Schuldentilgung
belasten sie ihre Untertanen
und berauben sie der Mittel
zu einem menschenwürdigen Leben.
Und wenn sich jene Ministerien
auf diesen Bereich beschränken würden,
so wäre das Unglück nur halb so groß,

doch sie beschäftigen sich vor allem damit,
Armeen aufzustellen, Soldaten auszubilden
und die neuen Waffen zum Einsatz zu bringen.

Meist bestehen diese Armeen
aus jungen Männern,
manchmal sogar aus jungen Mädchen,
oft handelt es sich um die Elite der Bürger,
fast immer um die tatkräftigsten unter ihnen,
um Menschen, die am meisten dazu befähigt wären,
sich wirksam einzusetzen für die Verbesserung
von Lebensbedingungen,
denn ungebrochen ist noch ihre Hoffnung
und Zuversicht auf ein menschenwürdiges Leben
in Gegenwart und Zukunft.
Und wenn einer von ihnen seiner «heiligen Pflicht»
nicht nachkommt oder nach seiner Einziehung
zum Dienst für Fahne und Vaterland desertiert,
wird er wie ein gemeiner Verräter behandelt,
wie ein Angsthase oder ein Krimineller,
und oft wird er eingesperrt in dunkle Verliese.
So wird derjenige,
dem der Hauch des Lebens heilig ist
und der es ablehnt, daraus eine Ware zu machen
für die Händler des Todes,
die befleckt sind mit dem Blut Unschuldiger,

ausgerechnet er wird als Abtrünniger betrachtet,
als Feind der Ordnung und der Menschheit.
In der Welt von heute gibt es
viele Millionen Wehrpflichtiger
aus allen Rassen und Farben,
allen Religionen und Sprachen;
alle werden von unsichtbaren Händen bewegt,
die sie nicht kennen,
sie haben nur blind zu gehorchen.
Wie über Schachfiguren verfügt man über sie.
Und wie schrecklich ist der seelische Konflikt,
den blinder Gehorsam verursachen kann!
Wie furchtbar der Tod, den viele von ihnen sterben!
Weder pflügen, pflanzen noch ernten Soldaten,
sie bauen keine Städte, Institute oder Tempel;
sie leben von der Mühe und Arbeit
des Bauern, Arbeiters oder Händlers
und vieler anderer,
wenn sie essen und trinken
sich bekleiden und bewaffnen
und sich im Handwerk des Tötens
und Zerstörens üben.
Die Kriegsministerien und ihre Trompeten aber
lassen nicht einen Augenblick davon ab,
ihren Geist irrezuleiten und zu verführen,
indem sie ihr Tun
als «vornehmste Pflicht» bezeichnen

und als eine großherzige, mutige Mission darstellen,
denn sie töten und töten sich selber
nicht aus Liebe am Morden und Zerstören,
sondern um die Erde des «heiligen Vaterlandes»,
Freiheit und Menschenwürde zu verteidigen.

Wie wunderbar wäre es um unsere Erde bestellt,
wenn das, was die Kriegsministerien
an Mühe und an Geld
auf der gesamten Erde aufwenden,
ganz oder zum größten Teil dafür ausgegeben würde,
die Grenzen zwischen den Menschen abzubauen
und Samen der Liebe in ihre Herzen zu säen,
Samen der Verständigung in ihren Geist
und Samen des Glaubens in ihre Seelen,
damit die Menschen erkennen,
daß sie alle unterwegs sind zum gleichen Ziel
und zu einer gemeinsamen Heimat,
nämlich zur Erkenntnis der Wahrheit,
die von jeder Fessel, jeder Beschränkung
und sogar vom Tode befreit.
Doch die Finsternisse
aus den Höhlen der Kriegsministerien,
die sie einnebeln,
verschleiern ihre Augen und hindern sie am Sehen,
sie verstopfen ihre Ohren,

so daß sie nicht mehr hören,
und sie trüben ihr Urteilsvermögen,
so daß sie nicht verstehen, was sie sagen und tun.
Dies, mein Gott, gehört zu dem dunklen Gesicht
meines Lebens auf Erden,
das mich so oft davon abhält, Dich zu sehen,
dann rufe ich Dich, und finde Dich nicht,
und Du rufst mich, und ich höre Dich nicht.

Der Altar des Geldes

Und da ist eine der finstersten Erscheinungen;
ihre Finsternis kommt aus Höhlen,
von denen ich gewünscht hätte,
sie seien aus Stein und Erde,
aber sie bestehen aus Eisen, Stahl
und Eisenbeton, gegen die
Hammer und Meißel nichts vermögen
und die weder Kugeln noch Dynamit durchbohren.
In diesem Allerheiligsten der Welt
betet der Mensch seine Götter an
und bringt ihnen seine Opfergaben dar,
während die Gottheit Blut in seine Adern pumpt,
Wärme und Bewegung in seine Glieder verströmt
und frische Luft in seine Lungen;
darum schenkt er ihr auch mehr Aufmerksamkeit
als der Pupille seines Auges;
in diesen Höhlen produziert und hortet die Welt
ihr Geld aus Gold, Silber und Kupfer und Scheine,
die das Kupfer, Silber und Gold ersetzen,
aus diesen Kavernen setzt sie es in Umlauf,
damit es im Körper der Welt zirkuliert

und ihn in Bewegung bringt,
so wie das Blut im menschlichen Körper kreist
und ihn in Bewegung bringt.
Und ein Mensch oder ein Volk,
dem es an Geld erheblich mangelt,
leidet an Leukämie mit allen Begleiterscheinungen
und bösartigen Symptomen,
und das bösartigste ist die Zerschlagung
von Stolz und Menschenwürde
und die Beeinträchtigung
der Lebensfreude und Sicherheit,
die der Besitz vermittelt.

Und selbst die Tiere, Vögel und Pflanzen,
die sich auf den Menschen verlassen, um zu leben,
würden von der Leukämie befallen
und würden die Freude am Leben verlieren,
wenn die einen oder die anderen
an Geldmangel litten.
Wie zahlreich sind diejenigen,
die das Leben aufgibt
nicht wegen einer Krankheit in ihrem Körper,
sondern weil es in ihren Taschen
kein Geld mehr gibt.
Ja, ein verabscheuenswürdiges und tödliches Übel
ist die Armut!

Doch viel abscheulicher und verheerender
– für Körper und Seele gleichermaßen –
ist das Übel des Reichtums,
denn Menschen und Völker,
deren Taschen und Kassen vor Geld überlaufen,
ist es eigen, sich als Herren über Menschen
und Völker zu gebärden,
so, als käme ihnen von allem der Löwenanteil zu,
von dem, was die Menschen herstellen
und was Erde und Himmel austeilen.
In der Ekstase der Machtbesessenheit,
die ihnen das Geld vermittelt,
und eingelullt in der Bequemlichkeit,
in der sie ihr Leben verbringen,
kümmern sie sich selten
um die verheerenden Bakterien,
die das Geld in ihre Körper und Seelen überträgt,
und plötzlich sind sie befallen
von zahlreichen Arten der Lähmung:
von der Lähmung des Denkens,
der Lähmung des Bewußtseins,
der Lähmung des Unterscheidungsvermögens
und der Lähmung des Glaubens,
und die entsetzlichste und bösartigste Lähmung
ist die des Menschlichen im Menschen,
ganz zu schweigen von den anderen Folgen
wie Kummer, Schlaflosigkeit und Sorgen

sowie die ständige Angst des Reichen,
daß das Geld ihm eines Tages ausgehen könnte.
Gibt es etwas Seltsameres
als einen abgezehrten Kranken,
der von seiner Krankheit nicht geheilt werden will?

Doch sollte man sich darüber nicht wundern,
denn dank des Geldes essen und trinken sie
und kleiden sich,
dank des Geldes atmen und arbeiten sie
und bewegen sich,
Geld brauchen sie,
um auf dem Mond zu landen
und in die Tiefen des Meeres zu tauchen,
mit Geld bauen sie und zerstören sie,
mit Geld erklären sie sich Kriege
und versöhnen sich wieder,
Geld setzt ihre Fabriken und ihren Handel
in Gang, und mit Geld
werden ihre Schulen und Kirchen verwaltet.
Mit Geld regieren sie und werden sie regiert,
und mit Geld revoltieren sie
gegen diese Regierungen.
Geld spielt eine Rolle bei ihrer Geburt und Heirat,
mit Geld lassen sie ihre Krankheiten behandeln
und sich begraben.

Nichts gibt es, was ihnen mangelt im Leben
von dem, was im Himmel und auf Erden ist
und was sich mit Geld kaufen läßt,
selbst Wasser, Luft und Sonnenlicht,
sogar die Schönheit und die Tugend
und alles, was ihren Geist anregt,
ihr Bewußtsein und ihre Fantasie.
Solange das Geld diese furchtbare Macht hat,
daß Broterwerb, Ansehen bei den Menschen
und Lebensqualität von ihm abhängig sind,
verzeihst Du ihnen da nicht, mein Gott,
ihre Heuchelei jedes Mal,
wenn sie Dich mit ihren Lippen loben,
während sie mit ihren Herzen und Gedanken
eine tiefe Verbeugung vor dem Geld machen?
Ja, vor seinem Thron
werfen sie sich nieder,
in seinem Namen segnen sie sich
und seine Macht preisen und bezeugen sie
zu jeder Stunde.

Sind diese Menschen nicht wie Kinder,
die sich an einem Spielzeug erfreuen,
das sie selber geschaffen haben?
Und ihr liebstes Spiel ist das mit dem Geld.
Doch wenn sie ihrer Kindheit entwachsen

– auch wenn es nur wenige sind,
die erwachsen werden –,
vielleicht werden sie dann
statt nach der Macht des Geldes
nach Deiner Macht verlangen, mein Gott,
welche die Macht der Liebe ist!

Verzeih mir, mein Gott, den Weihrauch,
den auch ich auf dem Altar des Geldes verbrannte,
und die Stunden,
die ich mit der Suche nach Geld verlor,
um meine Nacktheit zu bekleiden,
meinen Hunger und Durst zu stillen,
mein Auge und Ohr zu zerstreuen,
um ein Zuhause für mich zu bauen
und mein Privatleben vor anderen zu schützen!
Bin ich denn nicht aus Fleisch und Blut?
Und Fleisch und Blut haben Ansprüche
und Bedürfnisse, die sich stets erneuern,
und die lauthals Forderungen stellen,
bis man sie zufriedenstellt,
und sie lassen sich nur mit Geld zufriedenstellen.
Was soll man da machen?
Doch bisher bat ich nicht ein einziges Mal um Geld,
ohne eine starke Abneigung zu empfinden
gegen das Geld und meine Abhängigkeit von ihm,

und ich habe es nicht ein einziges Mal gepriesen,
ohne es tausendmal zu verwünschen,
niemals habe ich Weihrauch vor ihm verbrannt,
ohne selber daran zu ersticken,
und keine Stunde vergeudete ich damit,
ihm nachzujagen,
ohne daß ich nicht viele Stunden
Gewissensqualen litt.
Es genügt mir, seinetwegen unglücklich zu sein,
denn jedes Mal, wenn mir sein Gesicht erscheint,
verliere ich Dein Gesicht aus den Augen,
und jedes Mal, wenn ich mich daran erfreue,
vergeht mir die Freude an Deiner Pracht,
deren größte und wichtigste der Mensch ist.

Die Beziehungen unter den Menschen

Die Welt der Menschen ist in Verwirrung geraten,
schrecklich in Verwirrung geraten, mein Gott,
und seltsam ist der ständige Versuch des Menschen,
die Verwirrung zu organisieren,
doch dies erschwert nur die Situation
und macht sie noch vorworrener.
Wäre es der Welt möglich,
ihre Geschichte mit den Menschen zu erzählen,
so wäre der Mensch
von diesem Bericht sicher schockiert.
Seit Millionen Jahren, seitdem die Erde ihn
beheimatet, hört er nicht auf,
seine Beziehung zur Welt zu organisieren
sowie die Beziehungen unter den Menschen,
doch bis jetzt ist es ihm mißlungen,
eine gültige Ordnung zu schaffen.
Die Menschen haben die Erde untereinander
aufgeteilt, sie haben sich auf Grenzen geeinigt,
die keiner überschreiten darf,
doch schon bald gerieten sie in Uneinigkeit
bezüglich dieser Einteilung.

Seit dem Morgengrauen der Geschichte
bis in unsere Tage
herrschen unter ihnen Uneinigkeit und Streit.

Und wenn es sich um einen Streit handelte,
der mit Worten beginnt
und mit Worten endet,
so wäre er nicht der Rede wert,
doch es ist ein Streit,
der sich durch die Jahrhunderte fortsetzt
und der damit begann,
daß man Hände, Füße und Zähne
zum Kampf einsetzte,
später bediente man sich der Steinschleuder
und benutzte Pfeil und Bogen,
dann ging man über zu Dolch, Säbel und Schwert,
dann zu Gewehren und Kanonen,
zu Dynamit und Sprengstoff,
später zu Brandbomben und Rauchbomben,
die man aus Flugzeugen abwarf,
und schließlich zu Wasserstoff- und Atombomben,
Interkontinentalraketen und Satelliten,
die den Himmel durchfurchen
und Tod und Zerstörung säen.
Was sollten all diese Waffen?
Sie sollten die Grenzen

zwischen den Menschen verwischen,
wie der Sturm die Wolken des Himmels fortreißt,
die einen bläht er auf, die anderen rollt er zusammen
oder zerpflückt sie in viele Teile.
Und die Menschen verharren in ihrer Verwirrung
und bestehen auf der Teilung der Erde.
Doch weil die Erde weder dem einen Stamm gehört
noch dem anderen,
weder einem Volk noch einem anderen,
weder einer Religion noch einer anderen,
sondern das gemeinsame Erbe aller Menschen ist,
darum weigert sie sich,
geteilt und zerstückelt zu werden;
und jeder Versuch des Menschen,
die Erde aufzuteilen
und diese Teilung aufrechtzuerhalten,
ist ein Versuch, der zum Scheitern verurteilt ist
mit all seinen Folgen an Tränen und Blut,
an Erbitterung und Angst,
an Zerstörung und Verlust
und an gewaltsamem Tod.
Seitdem der Mensch auf der Erde erschien,
und seine Nachkommen sich verbreiteten
von einem Ende der Welt bis zum anderen
und sich daran begaben, ihre Fläche aufzuteilen
und zu zerstückeln,
seitdem hört die Erde nicht auf, ihn zu mahnen:

«Nicht auf diese Weise tränkt man Kamele, Saad!»*
und sie fährt fort:
«es ist eines gehorsamen Kindes nicht würdig,
sich so seiner Mutter gegenüber zu verhalten!
Ich habe dich und deine Nachkommen
nicht in die Welt gesetzt,
um euretwegen unglücklich zu sein,
und ihr meinetwegen,
sondern im Gegenteil,
damit ihr euch an mir erfreut
und ich meine Freude an euch habe.
Ich stelle euch alles zur Verfügung,
was ihr braucht an Nahrung,
Kleidung und Wohnung,
an Abwechslung für Augen und Ohren,
an Genüssen für Nase und Zunge
und weite Wiesen für euren Geist,
euer Gefühl und eure Fantasie
unter der Bedingung, daß ihr nie vergeßt,
eine einzige Familie zu sein,
und daß ihr immer daran denkt,
daß der Kleinste und Schwächste unter euch
das gleiche Anrecht auf meine Gaben hat
wie der Große und Starke unter euch.

* arabische Redewendung, die besagt, daß eine Handlungsweise falsch ist

Doch ihr habt alles schnell vergessen.
Ihr habt eure Abstammung
und meine Mutterschaft verleugnet,
und eure Beziehungen zu mir auf eine Basis gestellt,
die schwach und zerbrechlich ist wie Spinnengewebe!
Ihr seid so vorgegangen, daß einer von euch
den Löwenanteil meiner Güter erhält
und Millionen gar nichts oder zuwenig.
Deshalb konntet ihr bisher keine Ordnung stiften
und werdet sie auch in Zukunft nicht stiften können,
deshalb gerieten eure Ordnungen stets in Verwirrung
und werden auch in Zukunft in Verwirrung geraten;
und die Verwirrung wird Gegensätze erzeugen
und die Gegensätze Streit und blinden Haß.
Und so wie ihr im Laufe von Millionen Jahren
vergeblich versucht habt,
eure Beziehungen mit mir zu organisieren
und nur für Verwirrung gesorgt habt,
ebenso vergeblich habt ihr versucht,
eure Beziehungen untereinander zu organisieren,
ohne bis jetzt eine gültige Ordnung
aufgestellt zu haben:
der Ehemann lebt nicht in Harmonie mit seiner Frau
und der Bruder nicht mit seinem Bruder.
Und was den Regierenden
und den Regierten betrifft,
den Diener und den Herrn,

den Mieter und den Vermieter,
den Meister und den Lehrling,
den Hersteller und den Verbraucher,
den Richter und den Kläger
und andere Menschenkategorien,
so hegen die einen Mißtrauen gegen die anderen,
und dieses Mißtrauen
zieht Streit und Schikane nach sich.
Und was die Zahlungsmittel betrifft,
die ihr zum Wertmaßstab für meine Güter machtet,
so sind sie dem Quecksilber gleich:
jedes Mal, wenn sie steigen oder fallen,
so steigt und fällt auch euer Blutdruck,
in eure Seelen schleicht sich Panik ein,
und euer Puls geht unregelmäßig;
dann beruft ihr Kongresse ein
und faßt Beschlüsse – aber vergeblich,
denn Quecksilber bleibt Quecksilber,
und euer Versuch, es zum Stillstand zu bringen,
schafft weitere Verwirrung.»

«Das Sonderbarste, was ich sah,
sind die Versammlungen, die ihr abhaltet,
um Gesetze zu machen,
die eure Unordnung organisieren sollen;
diese Gesetze füllen Berge von Folianten,

und dennoch verschlimmert sich eure Unordnung
von Tag zu Tag und von Jahr zu Jahr.
Wird es nicht Zeit, daß ihr endlich einseht,
daß meine Mutterschaft – und sie allein –
die wahre Ordnung ist?
Ich habe euch alles gegeben,
was in meinem Herzen ist
an Milch und Honig,
an Manna und Wachteln,
auf daß sich daran erfreuen
der Gelähmte ebenso wie der Beflügelte,
der Aussätzige ebenso wie der Gesunde,
der Unwissende und der Weise,
der Weiße und der Schwarze,
der Gottlose und der Gläubige,
denn ihr seid alle meine Kinder,
und meine Liebe und Zärtlichkeit
gilt allen gleichermaßen!»
Es scheint mir, daß sich die Erde
stets mit solchen Worten an die Menschen wendet;
doch auf sie trifft zu, was schon früher gesagt wurde:
«Sie haben Augen, und sie sehen nicht,
sie haben Ohren, und sie hören nicht.»

Die Macht der Liebe

Ich bin Dein Kind, mein Gott,
und diese wunderbare, gütige, austeilende Erde,
in deren Schoß Du mich gelegt hast,
ist nichts anderes als die Wiege,
von der aus ich meine ersten Schritte
zu Dir unternehme.
Und diese Wiege ist nicht für mich alleine,
sondern für Millionen und Abermillionen
Deiner Kreaturen, die sie mit mir teilen.
Die einen gleichen mir
– und sie sind weniger zahlreich –,
die anderen unterscheiden sich von mir
– und sie sind sehr zahlreich –.
Und die weniger zahlreichen und sehr zahlreichen
trinken den Nektar des Lebens
alle – ohne Unterschied – an Deiner Brust,
an der Brust des Lebens, Deines Lebens;
sie sind wie die Weinreben am Weinstock:
wie zahlreich auch die einzelnen Beeren sein mögen
und wie unterschiedlich in Farbe,
Form und Geschmack,

so hat jede von ihnen einen Stiel,
der sie mit der Rebe verbindet
und wodurch sie den Saft des Lebens trinkt.
Und die Rebe selbst hat ihren Stiel,
der sie mit dem Weinstock verbindet,
durch den sie das Leben trinkt
und es an die Beeren weitergibt.
Und der Weinstock hat seine Wurzeln,
mit denen er das Elixier des Lebens trinkt
aus Erde und Meer, Sonne und Wind.
Die Tatsache, daß alle Kreaturen
an einer Brust gestillt werden, müßte genügen,
aus ihnen eine große Familie zu machen,
deren Mitglieder untereinander verbunden sind
und jeder mit Dir – durch Bande der Liebe,
die weder die Zeit noch der Tod lösen können…

Welcher deiner Kreaturen soll ich Vorwürfe machen,
wenn sie die Bruderschaft leugnet
mit allen anderen Geschöpfen?
Soll ich es dem Wolf vorwerfen,
wenn er nicht brüderlich mit dem Lamm verkehrt,
oder dem Falken, wenn er vergißt,
daß er und der kleine Vogel Milchbrüder sind,
oder der Katze, die die Maus verschlingt,
obgleich beide vom gleichen Backtrog fressen?

Nein, ich werfe keiner Kreatur etwas vor –
außer dem Menschen.
Ihn allein trifft mein Vorwurf,
denn unter allen Kreaturen der Erde
ist nur er fähig,
diese Brüderschaft zu erkennen
und die Macht der Liebe,
die aus ihr resultiert.
Er allein ist fähig, sie zum Fundament zu machen
für seine Beziehungen mit seinen Brüdern,
den Menschen, und mit allen anderen Teilhabern
an den Reichtümern der Erde und des Himmels.

Nur der Mensch kann sein Wesen öffnen,
bis es alle Wesen einbezieht;
dann wird er diejenigen segnen,
die ihn verfluchen,
er wird Mitgefühl haben mit denjenigen,
die ihn hassen
und Großmut mit denen, die ihn beneiden,
er wird seinen Feind speisen,
wenn er Hunger hat,
und sein Leben retten,
wenn er in Gefahr ist,
denn auch seine Feinde sind seine Brüder,
durch sie lebt er, und durch ihn leben sie.

Nur der Mensch kennt die Macht der Liebe
und ihre Wunder:
wenn die Liebe nicht in unseren Augen ist,
so ist alles, was das Auge sieht, Nebel,
nichts als Nebel...,
wenn die Liebe nicht in unseren Ohren ist,
so ist alles, was das Ohr hört, Mißklang,
nichts als Mißklang...,
wenn nicht die Liebe unsere Zunge bewegt,
so ist alles, was wir sagen, Phrase,
nichts als Phrasen...,
wenn nicht die Liebe unsere Hand bewegt,
so ist alles, was sie nimmt und gibt, ohne Wert...,
und wenn nicht die Liebe auf dem Grund
unseres Herzens ist,
so ist alles, was das Herz liebt, Illusion,
nichts als Illusion...

Wie sehr wünschte ich, mein Gott
– jetzt, wo Dein Bote nur einen Klafter weit
von mir entfernt ist –,
daß er bei seiner Ankunft
in meinen Augen und Ohren,
auf meiner Zunge, in meiner Hand
und auf dem Grunde meines Herzens
nichts als Liebe vorfände!

Wäre es mir doch möglich,
aus meiner Erinnerung auszulöschen
jedes Bild und jede Idee,
jede Absicht und jeden Wunsch,
jede Klage und jedes Vergnügen,
die auch nur die geringste Lästerung
oder Verletzung der Liebe enthalten!
Wenn mir dies möglich wäre,
so würde ich Deinen Boten,
wenn er kommt, um die Bande zu zerschneiden,
die mich an die Erde fesseln,
freudig mein Herz öffnen;
ich streckte ihm meine Hand entgegen,
und zusammen würden wir
diese Bande zerschneiden.

Und wenn es vorgekommen ist,
daß ich im Laufe der Vergangenheit
gegen die Liebe gesündigt habe,
so herrscht heute in meiner Seele
der feste, unerschütterliche Glaube,
daß die Liebe allein der Schlüssel ist
zu allem, was mir unerklärlich blieb,
zu all meinen Geheimnissen
und den Geheimnissen des Universums,
und daß sie allein das Heilmittel ist,

das uns von aller Unruhe und Verwirrung
und von der Angst
vor einem verhängnisvollen Geschick heilt.

Ist es nicht so, daß die Wißgebierde
in mir schwelt wie glühende Kohlen?
Und gäbe es ein Wissen, das sich nicht beschäftigt,
mit dem, was war, was ist und was sein wird?
Und kann jemand etwas wissen, was er haßt?
Ist es nicht vielmehr so, daß meine Abneigung
gegen irgend etwas oder irgend jemanden
sich als ein Hindernis aufrichtet
zwischen mir und dem Wissen von einer Sache
oder der Kenntnis von einer Person?
Keine Wurfmaschine kann dies Hindernis beseitigen
und keine Kanonen können es zerstören,
die Fluten reißen es nicht mit sich,
kein Sturm entwurzelt und kein Feuer verbrennt es,
doch es löst sich auf vor dem Angesicht der Liebe
wie Nebel vor der Sonne.

Und ebenso groß wie meine Wißbegierde
ist mein Wunsch nach Freiheit,
nach einer Freiheit ohne Fesseln,
nach grenzenloser Freiheit.

Doch wie zahlreich sind die Schranken,
die sich vor mir aufrichten
in jedem Moment meines Lebens auf Erden;
Fleisch und Blut können diese Schranken
nicht überwinden,
die Zeit reißt sie nicht nieder,
nur die Liebe vermag es, sie abzubauen.

Ein Lächeln, das direkt aus meinem Herzen
in mein Auge leuchtet
– ohne jede Verstellung oder Heuchelei –,
wirkt wie ein Wunder,
wenn es meinen Gruß begleitet,
und es entwaffnet den so Begrüßten sogleich,
sollte er in seinem Herzen,
seinem Kopf oder seiner Tasche
eine Waffe gegen mich tragen.
Mein Lächeln bürgt dafür,
daß ich ihm die Tür meines Herzens öffne,
und er wird mir die Tür seines Herzens öffnen.
Und wie wäre es erst, wenn der ganze Körper
nichts als Liebe ausstrahlte!
Ein solcher Körper wäre imstande,
mit Skorpionen und Vipern zusammenzuleben,
mit den wilden Tieren der Wüste
und den Raubvögeln des Himmels.

Doch bevor der Körper Liebe ausstrahlt,
muß die Seele, die ihn belebt,
im Schmelzofen der Liebe gereinigt worden sein,
damit nichts als Liebe übrigbleibt.
Im Schmelzofen der Liebe
muß jede Leidenschaft und Laune verbrennen,
ebenso wie jede Idee und Absicht,
jede Handlung und jedes Wort,
jede Neigung und jede Illusion,
alle Gefühle und Vorstellungen,
denen es eigen ist,
Grenzen zu ziehen und Schranken aufzurichten
zwischen sich und den anderen
und so den Weg zu versperren,
der zur Kenntnis führt, die befreit,
zur Freiheit, die erkennt,
und zur Liebe, ohne die jede Erkenntnis
und jede Freiheit
weder Sinn noch Wert haben.

Das Denken allein genügt nicht

Mein Gott, Du hast mich mit Gaben überhäuft
und zwar so sehr, daß wenn ich sie aufzählen wollte,
niemals ans Ende gelangen würde,
und die kostbarste aller Gaben ist die Liebe.
Sie ist eine Gabe, die ich bisher
nur wenig genutzt habe, viel zu wenig…
nie habe ich mich ihr ausschließlich gewidmet
und sie zum Ziel meines Denkens gemacht,
ohne daß mich tausend zudringliche Gedanken
schon nach einem Augenblick von ihr ablenkten.
Dabei käme es ihr alleine zu,
wie das Blut in meinen Adern zu kreisen
und wie der Atem meine Lungen zu füllen.
Ihr allein käme es zu
– der Mutter aller Mütter
und dem Grund aller Gründe –,
diese wunderbare Schatulle zu füllen,
die sich in meinem Schädel befindet.
Alles andere sollte ich aussortieren,
sollte den Inhalt sichten und sieben,
bis darin nur noch übrigbliebe,

was ihrer Reinheit und Größe
und ihrer Schönheit würdig ist.
Aber wie soll ich das anstellen?
Habe ich doch die Liebe und ihren Wert
erst verstanden,
als meine Schatulle bereits randvoll
angefüllt war mit tausenderlei Dingen,
die sich nicht mehr entfernen lassen
und die nichts vom Glanz der Liebe haben?
Wie soll ich es anstellen?

Es ist wohl mein Schädel und meine Schatulle,
aber ich bin nicht ihr absoluter Herr,
um darin zu speichern, was ich will
und wann ich es will,
und daraus zu verbannen, was ich will
und wann ich es will;
ich kann nicht einmal verhindern,
daß sich Dinge ohne meinen Willen einprägen,
und ich weiß nicht einmal,
was sich darin alles angesammelt hat
an sonderbaren Dingen
seit Beginn meines Lebens bis zu dieser Stunde.
Es sind Welten in Welten in Welten,
darunter gibt es solche,
die von äußerster Belanglosigkeit sind,

und es gibt solche,
die von äußerster Wichtigkeit sind,
und es gibt solche,
die sich zwischen beiden ansiedeln.
Über all diese Welten
– die ein Teil von mir wurden –
verfügt dieser große Akrobat nach Gutdünken.
Und dieser große Akrobat ist mein Denken.
Es rastet nicht einen Augenblick,
sei es am Tag oder während der Nacht,
beim Wachen oder beim Schlafen,
mit diesen Welten zu spielen,
so daß sie sich kaum mehr als eine Sekunde
am gleichen Ort aufhalten.
Man könnte diese Welten
mit einem Haufen Weizenkörner vergleichen
oder anderer Körner,
und das Denken ist wie ein Kind,
das sie pausenlos mit den Händen in die Luft wirft,
um die Spreu vom Weizen zu trennen,
und dieses Kind wird nicht müde in seinem Tun,
weder verweilt es einen Moment
noch verweilen die Körner,
und das Kind fügt den Körnern kein einziges hinzu
und nimmt kein einziges hinweg.
Das Merkwürdige bei diesem Spiel,
welches der große Akrobat

im Innern meines Schädels
mit dem wunderbaren Inhalt meiner Schatulle spielt,
ist die Tatsache,
daß er mir in gewissen Augenblicken
Dinge erschließt, die in meiner Seele
das Gefühl unbeschreiblicher Freude wecken.
Dann wünscht sich meine Seele,
daß dieses Gefühl andauern möge,
solange sie selber fortbesteht
und solange die Zeit andauert.
Doch das Gefühl entgleitet meiner Seele sogleich,
sobald der große Akrobat andere Dinge aufwirft
und andere Seiten ins Licht setzt,
von denen manche meine Seele mit Kummer füllen,
andere mit Angst oder Verwirrung,
wieder andere mit Überdruß oder Bedauern
oder mit Gleichgültigkeit,
mit Gefühlen aus der gesamten Skala
menschlicher Empfindungen und Emotionen.
Und es ist merkwürdig, daß das Denken,
während es sich an seinem Spiel zerstreut,
dabei unaufhörlich spricht
– wenn auch ohne Stimme –,
meistens spricht es mit sich selber,
aber hin und wieder auch mit Dingen,
mit nahen und fernen Bekannten
und mit verschiedenen Geistern,

die auf der Erde oder im Himmel herumirren,
und selbst zu den Göttern.
Und wenn es mir möglich wäre festzuhalten,
was mein Denken zu sich selber sagt
in jeder Stunde der Nacht und des Tages,
ohne daß mein Ohr es vernimmt
und meine Zunge es ausspricht,
so wäre ich sicher schockiert.
Und ebenso schockiert wäre ich gewiß,
wenn ich hören könnte, was die Menschen
seit Beginn ihres Erscheinens auf Erden
insgeheim über mich gesagt haben,
und was heute meine Mitmenschen über mich sagen,
meine Nachbarn in Zeit und Raum,
und zwar nicht mit ihren Lippen und ihrer Zunge,
sondern insgeheim, in ihrem tiefsten Innern;
doch ich verzichte lieber darauf, mir vorzustellen,
was man mir hätte andichten können
und was meine Mitmenschen mir nachsagen.
Wahrscheinlich hätte ich geschrieen
ebenso wie sie:
«diese Welt ist nichts als ein Narrenhaus!»

In Höhen und Tiefen

Wie kann ich mich, mein Gott,
mit meinem Denken,
diesem großen Akrobaten,
an meinem Leben erfreuen?
Er ist der Befehlshaber,
dessen Befehle zwingend sind,
er ist der Prediger,
dessen Gebote ich beachten muß,
er ist mein absoluter Herr
und ich sein gehorsamer Diener.
Wie oft habe ich versucht
– aber es blieb immer nur beim Versuch –,
die Rollen zu vertauschen,
so daß ich sein absoluter Herr sei
und er mein gehorsamer Diener,
doch all diese Versuche scheiterten,
und es ist mir nicht ein einziges Mal gelungen,
ihn festzulegen
– nicht einmal für eine einzige Minute –
auf eine konkrete Form, eine konkrete Idee
oder einen konkreten Seelenzustand

unter all den Formen, Ideen und Zuständen,
die im Innern meines Schädels wimmeln;
jedes Mal entglitt er mir,
und er entgleitet mir immer noch
wie der Wind, wie das Wasser zwischen
meinen Fingern, wie das Quecksilber.
Und jedes Mal, wenn ich bemerkte,
daß er mit mir spielte wie Kinder mit Bällen,
quälte ich mich und litt,
dann kurierte ich meine Wunden und schwieg.
Und es scheint mir, daß mein Verhältnis
zu meinem Denken und seinen Seiltänzereien
unveränderlich ist.
Scheinbar ist es mir und den Kindern
meiner Rasse eingeboren,
wie Wärme, Licht und Bewegung der Sonne
zu eigen sind,
und es scheint, daß ich dazu verdammt bin
– solange ich auf Erden lebe –,
in Höhen und Tiefen zu leben
und in trüben Wassern zu fischen,
ohne zu wissen, ob es eine Freude ist, die ich angle,
oder ein furchtbarer Schmerz.

Leben ist Liebe

So erging es mir, mein Gott,
bevor ich die Größe der Liebe begriff
und ihre Unbedingtheit,
bis ich verstand, daß sie das Leben ist,
und daß Leben Lieben ist,
und daß zwischen beiden weder eine Grenze
noch ein Unterschied besteht.
Und heute zieht mich nichts mehr
in dem Maße an wie die Liebe.
Und ich wünschte, daß sie allein
die Schatulle meines Schädels füllt
und sie prägt mit ihrem magischen Siegel,
dann verwandelt sich ihr gesamter Inhalt
in transparente Atome – dem Äther gleich –,
eng verbunden durch das Elixier der Liebe;
und sie bewegt nichts anderes
und sie strahlen nichts anderes aus
als nur Liebe.
Dann gibt es keine Höhen und Tiefen mehr,
weder Kummer, der das Herz
mit Eisenklammern zusammenzieht,

noch Freude, die das Herz zerspringen läßt,
keine hoffnungsschwangere Stunde mehr
und keine Stunde der Geburtswehen,
die Zwillinge des Leidens zur Welt bringen,
kein Stolz mehr auf Vermögen, Ruhm oder Ehre
und keine Furcht mehr
vor der Vergänglichkeit dieser Dinge,
keine Eitelkeit über große und kleine Siege
und keine Niedergeschlagenheit mehr
nach einer Niederlage,
kein Trachten mehr
nach einer Stunde fröhlichen Lachens
und keine Flucht mehr
vor einer Stunde der Tränen,
kein Bedauern mehr über eine vergangene Stunde
und kein Festklammern mehr
an einen Augenblick des Glückes,
und keine Befürchtung mehr über eine Lage,
in die man geraten könnte,
kein Auge mehr, das sich einem Anblick zuwendet,
indem es sich von einem anderen abwendet,
kein Ohr mehr, das sich an einer Stimme erfreut
und dem eine andere auf die Nerven geht,
keine Hand mehr,
der die Berührung mit Seide wohltut,
während sie die Berührung
eines härenen Gewandes abstößt,

keine Zunge mehr,
die sich am Geschmack des Honigs ergötzt
und den der Koloquinte verabscheut,
und keine Nase mehr,
die sich dem Moschus des Bisam öffnet
und sich dem Iltisdreck verschließt,
kein Hoch und kein Tief mehr,
kein vorher und kein nachher,
weder ein «ich» noch ein «anderer»,
weder Gleichgesinnte noch Andersgesinnte
von dem, was es im Himmel und auf Erden gibt,
dafür eine geheimnisvolle Einheit,
die heilig und ewig ist,
die jedes Verständnis
und jede Beschreibung übertrifft
und in der sich alle Gegensätze auflösen,
der Beginn und das Ende,
die Stunden und die Entfernungen;
eine Einheit, die unveränderlich und ewig ist,
die keine Teilhaber hat,
und das ist die Liebe.

Eine sanfte Hand

Aber die Liebe weigert sich,
mit einer bestimmten Sache
in Verbindung zu treten,
ohne alles einzubeziehen und zu verwandeln,
was sie umgibt,
und sie weigert sich,
mit Menschen in Verbindung zu treten
unter Ausschluß anderer,
mit einer bestimmten Zeit
unter Ausschluß einer anderen,
oder sich an einem Ort aufzuhalten
unter Ausschluß eines anderen,
ebenso wie sie sich weigert,
in Kategorien eingeteilt zu werden:
wie die Liebe der Eltern zu ihren Kindern,
die Liebe der Kinder zu ihren Eltern,
die Liebe des Liebhabers zu seiner Geliebten,
des Freundes zum Freunde,
des Vogels zu seinem Nest
und des Menschen zu seiner Heimat,
auch weigert sie sich, gemessen zu werden

mit Elle oder Scheffel
oder mit einem Temperaturmesser
von Null bis zum Siedepunkt.
Auch lehnt sie es ab,
daß der Liebende die Geliebte in Besitz nimmt,
denn sie allein ist der Besitzer dessen,
was war, was ist und was sein wird,
von Beginn der Zeit bis zur Ewigkeit,
und die Liebe hat keine Teilhaber.

Ich weiß, mein Gott, daß dies
der Weg der Liebe ist.
Und ich weiß, daß ich
auf diesem Weg gehe.
Doch ich weiß nicht,
wo ich mich heute befinde
auf dem Weg der Liebe?
Häufig plagen mich Zweifel,
ob ich genug Kraft habe,
auf diesem Weg weiterzugehen
bis ans Ende,
vor allem, wenn es dunkel wird
um mich herum,
wenn heftige Gewitter ausbrechen,
wenn ich das Geschwätz und den Klatsch
der Menschen mitanhören muß,

ihre Leidenschaften und Launen erlebe,
ihre Wortwechsel und ihre Kämpfe.
Dann droht das Öl meiner Lampe auszugehen,
und ich befürchte,
daß das Licht meiner Leuchte verlöscht.

Doch jedes Mal,
wenn die Verzweiflung nahe ist,
spüre ich eine sanfte Hand,
die sich auf meine Schulter legt,
während eine andere Hand
meine Lampe mit Öl auffüllt,
und das Licht erneuert sich,
strahlt auf und verbreitet sich,
und ich entdecke hier und da
die Spuren derer,
die mir vorausgegangen sind,
dann faßt meine Seele Vertrauen,
meine Entschlossenheit erneuert sich
und ich begreife,
daß ich nicht alleine unterwegs bin,
daß ich Freunde habe,
die mir vorausgegangen sind,
die mich nie vergessen
und mich nie aufgeben,
mein Herz ist erfüllt

von der Gnade der Liebe,
und meine Seele beginnt zu singen.
Obgleich meine Sonne
schon ihren Untergang ankündigt,
spende ich ihr mit allen Kräften Beifall
und heiße dieses Ereignis willkommen,
denn ich weiß mit Sicherheit,
daß ihr Untergang ein Aufgang sein wird.

Baskinta, am 4. 8. 1972 / Straelen, am 21. 7. 1989